LA
RÉPUBLIQUE

ET LES

INTRANSIGEANTS

par DEDIEU, Jeune

Maire de VILLEURBANNE (Rhône)

PRIX : 25 CENTIMES

VENTE EN GROS

chez EVRARD, Place de la République, 48
LYON

Imprimerie Typographique & Lithographique B. LOMBARDAT
41, Rue & Place de la Bourse, 41
LYON

LA

RÉPUBLIQUE

ET LES

INTRANSIGEANTS

Le but que je me propose en publiant ces lignes, c'est de réagir contre cet entrainement irréfléchi d'un certain nombre de nos concitoyens à se livrer aveuglément à quiconque critique le Gouvernement ou ses fonctionnaires.

Moi qui ne recherche ni la popularité ni les honneurs et dont l'unique ambition est d'employer à faire aimer la République l'autorité dont je dispose: moi qui résignerais, volontiers et sans regret, les fonctions que j'exerce actuellement si je ne me sentais autorisé et soutenu par l'estime et la confiance de tous mes chers collègues du Conseil sans exception, je dirai, sans hésitation et sans faiblesse, ce que je crois être la vérité.

J'essaierai de démontrer que, le plus souvent, ceux qui prodiguent, à tous propos, ces mots sacrés; *Liberté, Egalité, Fraternité,* ne sont que des profanateurs de cette sublime devise.

Mon but sera atteint si je réussis à convaincre quelques-uns des dissidents du parti républicain et à les ramener dans la bonne voie politique dont ils s'écartent sans s'en douter.

Si, au contraire, je me trompe, si mon raisonnement est faux, on me tiendra compte de ma bonne foi et l'on reconnaîtra, du moins, que je n'ai fait qu'user d'un droit qui appartient à tout citoyen, celui d'émettre au grand jour ses idées.

Je me déclare donc, tout d'abord, partisan énergique de la liberté que je considère comme un droit naturel et primordial.

Liberté de conscience la plus absolue, liberté individuelle, liberté de se réunir, de publier ses idées, de manifester son opinion sont autant de droits dont la possession constitue un peuple libre.

Mais, ont-ils raison ces apologistes de la liberté qui la veulent illimitée, sans frein, sans règlement?

Comment! sous prétexte de liberté, on pourrait impunément ridiculiser, injurier, outrager le Chef de l'État ou ses Ministres, saper ainsi, chaque jour la base de nos institutions !

Ce ne serait plus la liberté, ce serait la licence.

La liberté, elle-même, a donc une limite et cette limite c'est la liberté des autres.

Que de libertés j'entends journellement invoquer et qui ne sont que la licence !

Ainsi, quand vous parcourez les rues, à deux heures du matin, en chantant à pleine voix, fût-ce même la *Marseillaise*, croyez-vous en avoir le droit?

Non assurément car si vous avez le droit de ne pas dormir, vous n'avez pas celui de troubler le sommeil des autres.

De plus vous profanez notre hymne national en le faisant

servir à un tapage nocturne.

Et la liberté d'écrire, de publier vos idées, vous donne-t-elle celle d'injurier, d'outrager, de calomnier vos adversaires politiques ?

Vous voyez donc bien que la liberté, elle-même, a ses limites et que ceux-là vous trompent qui vous disent qu'elle ne doit pas avoir de bornes.

*
* *

Sous l'Empire, n'avez-vous pas constaté, maintes et maintes fois, que ceux qui, dans vos assemblées populaires, vous excitaient le plus à revendiquer vos droits n'étaient que des suppôts de la police impériale stipendiés pour organiser le désordre ?

Et la dernière échauffourée, celle du 30 avril, à la Guillotière, quels en étaient les organisateurs?

N'étaient-ce pas ceux qui vous tenaient le langage le plus exalté, qui s'adressaient à vos passions plutôt qu'à votre raison ?

N'étaient-ce pas Gaspard Blanc et Albert Richard, deux agents provocateurs qui vous ont abandonnés au moment de l'action?

Or, le procès de cette affaire a prouvé que G. Blanc et Albert Richard étaient à la solde des bonapartistes.

Si je vous rapelle, citoyens, ces souvenirs douloureux, c'est uniquement pour vous mettre en garde contre des surprises du même genre car il y a et il y aura longtemps encore des Gaspard Blanc et des Albert Richard.

Mais, me direz-vous, comment les reconnaître?

Rien de plus facile, mes amis.

Quand vous vous trouvez en présence de deux hommes

qui vous donnent, chacun, un conseil différent, votre devoir est tout tracé : c'est de faire sur chacun d'eux une enquête minutieuse, de remonter le plus haut que possible le cours de sa vie privée et de sa vie politique et celui qui vous offrira le plus de garanties soit comme antécédents politiques soit comme moralité, doit avoir votre confiance.

Et, j'en suis certain, c'est aussi celui qui vous parlera le langage le plus sérieux, le plus raisonnable.

Du reste, de même que pour reconnaître l'or véritable, il est une pierre de touche pour connaître le républicain sincère.

Avez-vous jamais, sous l'Empire, entendu un bonapartiste dénigrer l'Empereur, ses Ministres, ses fonctionnaires, malgré leurs prévarications et leurs nombreux abus d'autorité ?

Les bonapartistes étaient, au contraire, unanimes à applaudir à tous les excès de pouvoir, même au crime du *Deux-Décembre*, aux mitraillades du boulevard, à l'assassinat de VICTOR NOIR.

Et maintenant qu'au lieu d'un bandit couronné, vous avez à la tête de la nation, un JULES GREVY, c'est-à-dire l'honneur en personne.

Quand à la place des Espinasse, des Persigny, des Morny, vous avez des Le Royer, des J. Ferry, des Freycinet.

Pour présider le Sénat et la Chambre des Députés, un Martel et un Gambetta.

Un Andrieux occupant le poste d'un Piétri.

Pour préfets, des Hérold et des Oustry en remplacement des Waisse et des Chevreau.

Et pour secrétaires généraux, des Levaillant et des La Suchette au lieu des de Metz et des Demaisons.

Enfin, quand tous vos administrateurs, vos fonctionnaires, sont des hommes honnêtes et dévoués, vous les critiquez !

vous les outragez!

Oh! méditez, je vous en prie, cette fable de l'illustre Lafontaine :

Les Grenouilles qui demandent un Roi

⁎
⁎ ⁎

Je le répète, le républicain sérieux et sincère ne médit ni du Président de la République, ni des Ministres, ni des fonctionnaires, ni des Députés qui remplissent loyalement leur mandat; il doit, au contraire, les soutenir et les encourager.

Oui, celui qui réfléchit et qui suit attentivement les travaux des deux Chambres sait parfaitement que nos Sénateurs et nos Députés républicains ont à compter avec des adversaires encore puissants et que souvent ils sont obligés d'abandonner une cause après avoir tout mis en œuvre pour la faire triompher.

Parfois, ils sont contraints, sous peine de le voir tourner à leur confusion, de retirer un amendement qu'ils avaient présenté pour satisfaire aux désirs de leurs commettants.

⁎
⁎ ⁎

Qu'ont-ils fait depuis qu'ils sont à la Chambre? disent avec leur effronterie habituelle tous les jésuites de robe longue et de robe courte.

Rien! absolument rien!

Et les...... naïfs de répéter tristement:

C'est vrai!....... qu'ont-ils fait?

Et cette odieuse calomnie trouve un écho facile chez les ignorants.

Comparons donc au régime précédent le régime actuel.

Sous l'Empire, *de si funeste mémoire*, la dette s'augmentait, chaque année, d'un demi-million, et cependant, les deux tiers de la France manquaient d'écoles, nos chemins vicinaux et de grande communication étaient dans le plus piteux état, nos arsenaux vides ainsi qu'on l'a constaté dès le début de la guerre, *situation aussi bien connue des Prussiens* qu'elle l'était peu du ministre innintelligent et fanfaron qu'à si juste titre l'on a surnommé *l'homme aux boutons de guêtres.*

Ajoutez à cela : la liberté de conscience violentée, le droit de réunion supprimé, la magistrature avilie, la presse baillonnée, la corruption sur la plus vaste échelle.

Puis, les orgies crapuleuses, les tableaux vivants, Marguerite Bellenger, l'immoralité partout.

Comparons, dis-je.

Aujourd'hui, la plus grande impulsion donnée par un infatigable et savant Ministre à l'amélioration de nos chemins vicinaux, de nos routes départementales, canaux, ports de mer, etc., etc.

Au lieu de casernes, le pays se couvrant de groupes scolaires, d'écoles normales pour filles et pour garçons, nos arsenaux, nos places fortes regorgeant d'armes et de munitions *non pour attaquer, mais pour nous défendre.*

D'autre part, la liberté de conscience respectée, le droit de réunion reconquis, la justice se réveillant de sa longue léthargie, la presse libre jusqu'à la licence.

Et enfin, grâce à la sage administration des Ministres, des fonctionnaires, aussi honnêtes qu'intelligents et dévoués, nous constatons un phénomène inconnu jusqu'à ce jour, et que, *seul*, le gouvernement de la République est capable de produire.

Dégrèvement des *impôts* sur les *huiles*, les *savons*, la *petite vitesse, timbre* des *effets* de commerce, *timbres-poste*, dégrèvement qui ira toujours croissant puisque le dernier rapport du Ministre des finances nous annonce que pour les neuf premiers mois de l'année le rendement des contributions indirectes dépasse de CENT-HUIT MILLIONS 546,000 fr. les prévisions budgétaires.

Ainsi, dégrèvement des impôts et amortissement de la dette flottante, tels sont les bienfaits matériels du gouvernement de la République !

Sous l'Empire, l'Europe se méfiait de nous ou plutôt du bandit couronné qui gouvernait la France.

Aujourd'hui, les plus grandes nations se disputent notre alliance, et un jour viendra que, SANS BRULER UNE AMORCE, on rendra au gouvernement de la République Française les provinces que l'Empire nous a fait perdre.

Osez donc, maintenant, Jésuites, dire que nos Députés, que nos Ministres ne font rien !

.
.

Mais, si tous les départements ressemblaient à celui du Rhône, je considérerais la République comme impossible.

La ville de Lyon compte, en effet, une nombreuse population d'ouvriers, républicains ardents, trop ardents même, parce qu'ils n'ont pas, comme ceux de Paris, les éléments indispensables à une bonne éducation politique.

A Lyon comme dans toutes les agglomérations d'ouvriers les agents provocateurs, les agitateurs salariés ont la part belle : de même les ambitieux qui veulent renverser un élu pour prendre sa place.

Décrier un élu et promettre davantage, QUITTE A NE PAS TENIR PAROLE, telle a été, telle est et telle sera toujours la tactique de l'ambitieux.

A mon avis, l'élu doit nous être sacré pendant toute la

durée de son mandat : nous devons lui laisser son indépendance complète, lui tenir compte des difficultés qui ont surgi et aux élections suivantes, le réélire s'il s'est bien conduit et, dans le cas contraire, le repousser avec mépris.

Mais, aussi longtemps qu'il reste fidèle au principe qu'il a promis de défendre, nous devons tous nos égards à ce citoyen que l'opinion publique nous a désigné et que le suffrage universel a consacré.

Comment procède-t-on pendant la période électorale?

Aussitôt qu'elle est ouverte, les républicains militants déploient, dans chaque quartier, une activité fébrile et digne des plus grands éloges.

Ils savent que de leur choix dépend la bonne ou la mauvaise gestion des affaires du pays et l'avenir de la République.

Les anciens groupes sont invités par le président et par le secrétaire du précédent Comité Central à renouveler les pouvoirs de leurs deux délégués.

Ainsi se trouve reconstitué le Comité Central qui procède, aussitôt, au renouvellement de son bureau et nomme une commission chargée de reconnaître les nouveaux groupes et de faire une enquête sur les délégués qui doivent représenter ces groupes au Comité Central.

Le Comité Central, soit de circonscription, soit de canton, soit communal, est donc la réunion des délégués de tous les groupes de la circonscription, du canton ou de la commune, suivant le cas.

Celui-ci constitué, chaque groupe dresse une liste des candidats désignés par l'opinion publique, nomme les diverses commissions qui doivent faire une enquête sur chacun d'eux ; puis, après avoir entendu la lecture des rapports et discute sur le plus ou moins de mérite de chaque candidat, établit une liste définitive de ceux que ses délégués auront mission de défendre au Comité Central

Ainsi, chaque groupe est autonome, travaille en famille, et le procès-verbal de ses votes stipule le nombre de voix obtenues par chaque candidat.

La récapitulation se faisant en présence de tous les délégués des groupes, la liste, définitivement victorieuse, est donc bien l'émanation incontestable de la sympathie, de la faveur populaire, surtout si elle triomphe encore le jour du scrutin.

Les nouveaux élus, qu'ils soient Députés, Conseillers généraux, d'arrondissement ou municipaux doivent, alors, pouvoir compter sur l'appui sincère, cordial, fraternel, de tous leurs électeurs.

Si, de leur côté, ils apportent à l'exécution de leur mandat le zèle le plus empressé, le dévouement le plus pur, s'ils sacrifient leur santé et souvent leur bourse au triomphe de la cause commune, d'où vient que ces mêmes élus, alors que leur conduite est absolument correcte et irréprochable, alors qu'ils ont tenu toutes leurs promesses et parfois plus que leurs promesses, qu'ils ont administré avec la plus grande sagesse soit les deniers de l'Etat, soit ceux du département ou de la commune, que toutes leurs décisions ont constamment été, de leur part, l'objet de longues méditations et basées sur la plus stricte équité.

D'où vient, dis-je, que ces mêmes élus ne conservent pas constamment la confiance de la totalité de leurs électeurs ?

C'est que rien n'est plus éphémère que la popularité.

Terrassée, vaincue le jour du vote, la réaction aussitôt se rallie, se reforme, négocie avec les mécontents, flatte l'ambition de celui-ci, excite la jalousie de celui-là et, tous ensemble, préparent le nouveau thème de leurs médisances et de leurs calomnies futures.

*
* *

Aussitôt nommé, l'élu devient la cible sur laquelle chacun se plait à tirer.

S'il est Maire, par exemple, on le harcèle de plaintes, de réclamations souvent injustes, on lui demande l'impossible, on lui reproche de faire des préférences pour son quartier quoiqu'on sache parfaitement le contraire mais parce qu'on se souvient QU'ON AGISSAIT AINSI QUAND ON AVAIT LA DIRECTION DES AFFAIRES PUBLIQUES.

S'il est Député, on exige qu'il réalise immédiatement tout un programme qui ne peut être que l'OEUVRE D'UNE GENERATION ENTIERE.

Se croyant déçus dans leurs espérances, la plupart des dissidents, ceux qui ne sont pas les MENEURS, ne se doutent pas qu'en se faisant les REPORTERS d'insinuations perfides et souvent de calomnies, ils ne sont que les instruments aveugles, inconscients de la réaction.

Les uns accusent de trahison ce même élu, naguère investi de leur confiance, les autres le qualifient d'incapable, ceux-ci le calomnient, ceux-là, et CE SONT LES PLUS MODERES, se contentent de critiquer ses actes sans en avoir préalablement étudié les causes,

S'il arrive que ce même élu donne des preuves évidentes de loyauté, d'équité, de sagesse, de fidélité et de dévouement à son parti; s'il est actif, dévoué, bon administrateur, alors, ces mêmes meneurs changent de tactique; n'osant l'accuser ni de trahison, ni d'incapacité parce qu'on ne les croirait pas, ils conviennent de ses qualités mais ils ont bien soin d'insinuer que c'est un ambitieux qui ne rêve rien moins que d'être MINISTRE.

Ainsi, d'après eux, le mandataire honnête, loyal et dévoué serait un type introuvable.

Combien l'humanité serait à plaindre s'il en était ainsi !

Heureusement que la majorité des électeurs pense autrement et sait rendre justice à qui le mérite.

Mais il n'est pas moins vrai que ces récriminations injustes et calculées ne font qu'affaiblir l'autorité du Député ou du Magistrat et le rendent impuissant à faire tout le bien qu'il voudrait.

C'est une vérité élémentaire qu'il n'y a pas de plus grand bonheur pour la société que de pouvoir jouir sous la protection des lois, de l'ordre en même temps que de la liberté.

Il est non moins vrai que plus l'autorité a de force, plus elle impose, à tous, le respect des lois.

Or, un peuple est d'autant mieux gouverné qu'il possède des lois justes et libérales et que le respect de l'autorité est porté à un plus haut degré.

Il en est de même d'une commune.

Souvenez-vous de Sparte et d'Athènes !

Ces deux Républiques ont été puissantes et honorées aussi longtemps que ces peuples ont professé le respect des lois et de l'autorité.

Donc, dans l'intérêt général, la société a le devoir de respecter ses Magistrats, surtout quand ils sont les élus du suffrage universel.

Ceux-ci, de leur côté, ont tout intérêt à bien administrer à se conduire honnêtement afin de conserver ce bien le plus précieux de tous, L'ESTIME DE LEURS CONCITOYENS.

Si après avoir nommé vos magistrats, vous leur déniez l'autorité dont vous les avez investis, vous-mêmes, si au lieu de les encourager vous les outragez, vous annihilez leurs efforts, il n'y a plus d'administration possible, c'est l'anarchie.

Cette anarchie, vous la rencontrez principalement dans les villes manufacturières, dans les grands centres ouvriers parce que ceux qui ont intérêt à la faire naître trouvent, là, tous les éléments nécessaires ; *l'ambition, la jalousie, la cupidité, la paresse,*

Aussi, l'honnête homme qui, pour être utile à son pays, accepte, dans un grand centre ouvrier, une fonction publique, rétribuée ou non, doit s'empresser de faire une étude approfondie de la philosophie de ZÉNON afin de supporter avec stoïcisme toutes les amertumes.

* * *

Est-ce à dire qu'il faille désespérer de l'avenir?

Non certes, car l'humanité ne peut pas rétrograder ; mais. le Gouvernement de la République ne sera vraiment solide et inébranlable que l'orsque la génération actuelle aura disparu emportant dans les replis de son manteau d'Arlequin la cause première de nos troubles et de nos discordes, la CORRUPTION! funeste héritage que nous ont légué les régimes déchus.

DIVISER POUR REGNER, telle était leur devise infâme.

Corrompre les plus influents de la classe ouvrière, acheter leur conscience, en faire des agen's provocateurs, telles étaient et telles sont encore leurs habitudes morales.

C'est pourquoi nous ne devons pas nous étonner que la démocratie soit divisée en deux camps.

D'une part, ceux qui étudient, qui méditent et applaudissent aux efforts de ceux qui nous gouvernent, sachant bien que supprimer tous les abus, remplacer les lois arbitraires et tyranniques par des lois justes et libérales, abolir les impôts vexatoires et surtout l'OCTROI, ce vieux monument des temps barbares, faire, en un mot, d'une nation jusqu'alors monarchique une nation démocratique, ne peut être l'œuvre d'un jour ni d'une année mais bien l'œuvre de plusieurs générations

ERRATUM: au lieu de *paresse*, lisez. *bassesse*

D'autre part, ceux qui non moins sincères républicains que les premiers et qui réclament aussi énergiquement que ceux-ci l'ordre en même temps que la liberté, qui, comme eux encore, repoussent la domination des Jésuites mais ne s'aperçoivent pas que, chaque jour, ils se laissent prendre aux pièges que leur tendent ces derniers.

De même qu'un médecin, pour la faire avaler à son malade, recouvre d'une enveloppe séluisante une pilule amère, de même, pour leur faire commettre un acte hostile au Gouvernement, les meneurs enveloppent leur proposition des mots ronflants de LIBERTE et de PATRIOTISME et lui donnent pour base des sentiments d'humanité et de fraternité dont ils sont complètement dépourvus, eux-mêmes, et qu'ils foulent aux pieds dès qu'ils sont au pouvoir.

Ceux qui s'y laissent prendre, républicains non moins sincères que les premiers, je le répète, mais malheureusement trop crédules, n'ont qu'un tort, bien préjudiciable, il est vrai, aux intérêts de la République, c'est de ne pas savoir distinguer de deux orateurs quel est le plus désintéressé.

Ils ne comprennent pas que celui qui dénigre le gouvernement, les députés républicains ou d'honorables fonctionnaires qui ont, en toutes occasions, donné des preuves incontestables de leur dévouement à nos institutions, ils ne comprennent pas, dis-je, que celui-là ne peut être qu'un agent provocateur ou bien un ambitieux qui envie la place d'un autre, ou tout au moins un halluciné qui n'a pas la compréhension nette des choses, ET QUE LES UNS ET LES AUTRES SERVENT D'AUXILIAIRES A LA REACTION.

La moindre réflexion, de leur part, leur enseignerait que le républicain qui outrage le gouvernement de la République est aussi coupable que l'enfant qui outrage ses parents, et que celui-là les trompe qui ose dire que, sous le gouvernement actuel, la liberté est restreinte comme sous les gouvernements précédents, et la preuve qu'il les trompe c'est qu'il pousse lui-même cette liberté jusqu'à la licence, jusqu'à la calomnie.

IL EST LIBRE PUISQU'ON LE SUPPORTE !

Malheureusement, ils ne réfléchissent pas, ils ne raisonnent pas !

S'ils réfléchissaient, ils se rappelleraient ce vers du poète :

La critique est aisée et l'art est difficile.

S'ils raisonnaient, ils se méfieraient de ces hommes dangereux qui leur parlent sans cesse de LEURS DROITS et jamais de LEURS DEVOIRS ; ils se riraient de ces énergumènes qui proposent de tout démolir avant d'avoir préalablement étudié un plan de reconstruction.

S'ils raisonnaient, dis-je, ils comprendraient que ces conseillers-là ont L'ESPRIT MALADE, et que, si on les prenait au sérieux, leur système politique nous conduirait infailliblement à reprendre notre collier d'esclavage.

*
* *

Démontrons, par un seul exemple, avec quelle facilité certains ignorants se laissent induire en erreur et, croyant la défendre, combattent leur propre cause :

Nous savons, tous, que la franc-maçonnerie est la TETE DE MEDUSE DES CLÉRICAUX ; nous nous rappelons encore les anathèmes lancés du haut de la tribune française par le cuirassier de Mun et la bulle d'excommunication du pape Pie IX contre cette société.

Eh bien ! le croirait-on ?

J'ai entendu, de mes propres oreilles, un citoyen qui, du matin au soir, mange du prêtre, à belles dents, et qui engage ses camarades a se méfier des « FLAMACONS. » (Sic ???)

Est-ce un agent des jésuites ? Est-ce un pauvre d'esprit ?

Je l'ignore.

Dans tous les cas, ce n'est pas un homme studieux, car

si, avant d'en médire, il avait étudié ce qu'est la franc-maçonnerie, dès ses premières recherches, il se serait aperçu qu'il en écorchait le nom.

Toujours est-il qu'il se rencontre avec les cléricaux sur le même terrain de haine et de calomnie.

*
* *

Pourquoi, me diront les dissidents, prétendez-vous avoir plus raison que nous?

Où sont les preuves?

La réponse est aussi simple que concluante. Examinez ce qui se passe dans chaque commune et vous reconnaîtrez qu'il n'en est aucune qui n'ait ses dissidents.

Recherchez-en la cause et vous découvrirez aisément que la tactique de la réaction consiste à fomenter l'agitation, à entretenir dans chaque commune la division, la discorde, à exciter les citoyens les uns contre les autres, à patronner les candidats les plus exaltés afin d'introduire aussi l'agitation et la discorde dans nos assemblées délibérantes et faire croire que LE GOUVERNEMENT REPUBLICAIN EST IMPOSSIBLE.

La preuve que vos agissements sont hostiles ou plutôt préjudiciables à la République c'est qu'à chacune de vos manifestations se joignent à vous les CLERICAUX c'est-à-dire les légitimistes, les orléanistes, les bonapartistes.

Ce qui devrait vous ouvrir les yeux c'est que les articles de vos journaux sont invariablement reproduits par la presse réactionnaire.

Cela dit, qu'il soit bien entendu que nous désignons du nom de CLERICAUX nos ennemis coalisés mais que nous n'entendons en aucune façon parler des catholiques sincères et fervents.

Ceux-ci professent leur religion avec une conviction digne de tout notre respect et sont incapables d'intrigue, encore moins de conspiration, tandis que les autres, les cléricaux, sont les BATAILLONS SACRÉS DES JESUITES.

C'est à leur commandement qu'ils s'ébranlent, qu'ils ralentissent ou qu'ils accélèrent la marche, qu'ils font des conversions à droite et à gauche, et qu'après leur défaite, ils reforment leurs rangs au cri de :

MORT A LA REPUBLIQUE !

Alors, une nouvelle toile d'araignée se tisse plus serrée, plus épaisse, et chaque élève de Loyola ouvre son carnet sur lequel sont inscrits les noms des nouvelles victimes qu'on espère y prendre.

Celui-ci, un ambitieux déçu et inconsolable ; celui-là, une nullité orgueilleuse sensible à la flatterie; cet autre, uu grincheux toujours mécontent.

Puis, de nouvelles recrues qui viennent, on ne sait d'où, DONT LE PASSE EST UN MYSTERE pour les jésuites en herbe, mais BIEN CONNU des gros bonnets du parti.

C'est précisément à ces derniers que sont données les instructions les plus secrètes :

« Réveiller les rancunes assoupies, exploiter à nouveau
« les questions de clocher, blâmer, calomnier et même dif-
« famer en ayant soin, toutefois, de cotoyer adroitement
« les limites du Code pénal. »

Aussi, quand, sur un prétexte puéril, vous, républicains trop ardents, déblatérez contre un ministre, un député, un fonctionnaire, s'empressent-ils de faire chorus avec vous.

Si vous vous plaignez de votre administration locale, ils renchérissent sur vos plaintes.

Si vous faites une pétition hostile à cette même administration, c'est d'après leurs propres calomnies et vous pouvez compter sur toutes leurs signatures,

Et, quand arrive la période électorale, c'est alors que se montre à découvert le bout de l'oreille.

Plus votre candidat sera exalté, extravagant, utopiste, plus ils se joindront à vous pour le faire triompher.

Et comme ils se rient de vous ! braves gens, quand c'est un des leurs, un membre de Saint-Xavier ou de tout autre congrégation qu'ils vous ont adroitement proposé, à votre insu, il est vrai, et par l'intermédiaire de compères qu'ils ont su introduire parmi vous.

Leur infernal machiavélisme consiste à semer la division afin d'affaiblir la puissance du Comité central par la création d'un comité dissident qui réunit les citoyens les plus passionnés, ceux qui ont le tort de croire que l'on doit employer la force plutôt que la persuasion pour imposer dans tout son entier le programme républicain.

Les dissidents ignorent cette vérité aussi vieille que le monde :

Tout ce qui est l'œuvre de la violence périt par la violence.

S'ils écoutaient la froide raison, ils ne seraient plus dissidents, car ils reconnaîtraient que, dans beaucoup de cas, ce candidat si exalté, ce républicain si ardent et si enclin à reprocher l'inertie des autres, a été jadis MARGUILLIER ou BEDEAU de sa paroisse.

Les rois, dit-on, n'ont rien oublié ni rien appris. Ne peut-on pas retourner la phrase et dire que vous n'avez rien appris et que, malheureusement, vous oubliez trop les nombreux traîtres qui, dans tous les cas et dans tous les temps, vous ont excités au désordre afin de dégoûter la nation de la liberté.

Tous mes amis du 1er arrondissement doivent se souvenir

d'un nommé X..., assez beau parleur, qui avait pour mission de détruire ce qui doit toujours être notre égide : le
Comité central !

Ceci est de l'histoire toute récente qui date du Seize-Mai,
de l'ordre moral.

Alors que tous les membres du Comité central exposaient
leur avenir et celui de leurs enfants, leur liberté et peut-
être leur vie, en organisant la résistance au coup d'Etat,
c'est-à-dire à l'assassinat de la France, un misérable, investi de votre confiance, travaillait à détruire le Comité
central.

Ce misérable, vous l'avez déjà reconnu, c'était le nommé
X.... qui, depuis, a levé le masque et s'est déclaré ouver-
tement bonapartiste.

Vous l'avez expulsé honteusement de la démocratie ! Mais
combien de X... vous avez encore dans vos rangs ? Le tout
est de les démasquer et, habituellement, vous n'y parvenez
que LORSQUE LE MAL EST FAIT.

Les uns ont la mission d'organiser des grèves, les autres,
celle de DEPOPULARISER les meilleurs citoyens et tous tra-
vaillent à l'œuvre commune, le renversement de la République.

Efforts stériles ! car l'instruction triomphera du mensonge
et de l'hypocrisie et l'on arrivera à comprendre que quiconque dénigre le Gouvernement EN EST L'ENNEMI, et alors,
quand on saura faire cette distinction, la République sera
inébranlable.

Mais il y a encore des âmes vénales et basses.

Est-ce que les CLERICAUX possèdent à un degré quel-
conque le sentiment de la patrie ?

Et ne connaissez-vous pas leur infernale devise : Périsse la
commune plutôt que de subir une municipalité républi-
caine.

Périsse la France si la République ne DOIT PERIR QU'A-
VEC ELLE !

*
* *

Rassurons-nous, cependant.

Loin d'augmenter, leur nombre va sans cesse décroissant
et c'est naturel : le contraire serait inexplicable.

Ces bons apôtres de la classe dirigeante désignaient les
républicains comme une race impie ne rêvant que partage
de biens et guillotine.

Et, afin de donner à ces infâmes calomnies le cachet de la
sanction divine, ils employaient à les propager, LA CHAIRE
A PRECHER, ELLE-MEME et cette vérité est tellement indé
niable que, chaque jour encore, la presse nous signale des
prouesses, des hauts faits de ce genre.

Si on se souvient qu'autrefois la contradiction était dé-
fendue, que les représentants de l'autorité voire même les
magistrats, dépositaires de la justice, donnaient à ces dia-
tribes l'apparence de la vérité, EN LES ECOUTANT SANS
LES REPRIMER, on doit comprendre l'effet qu'elles de-
vaient produire sur des âmes ignorantes et timorées.

Mais, depuis que, grâce à cette liberté bienfaisante dont
nous jouissons maintenant, il nous est permis de prouver
que tous ces défenseurs du trône et de l'autel, tous ces con-
tempteurs du régime républicain ne sont que DES IMPOS-
TEURS, depuis que nous pouvons montrer au grand jour
leurs crimes, leurs nombreux attentats à la pudeur QUE
L'ON TAISAIT AUTREFOIS sous ce prétexte ingénieux et
hypocrite que les publier était une offense à la morale ;
aujourd'hui, dis-je, un changement salutaire s'est opéré et
ces mêmes hommes qui appelaient les républicains des
PARTAGEUX sont, eux-mêmes, devenus DE SINCERES, D'AR-
DENTS REPUBLICAINS.

Il n'y a que la liberté qui soit capable d'opérer de pareils miracles: c'est pourquoi nos dirigeants d'autrefois la confisquaient à leur profit exclusif; mais si vous poussez cette liberté jusqu'à la licence, le contraire aura lieu, elle se retournera contre nous car la licence est la plus grande ennemie de la liberté.

La Licence est la mère de l'Esclavage

Républicains trop impatients, je vous ai montré où est le danger.

Modérez donc votre ardeur.

Et croyez bien que c'est à la politique que l'on peut justement appliquer ce vieux proverbe italien :

Che va piano va sano, che va sano va lontano.

*
* *

Conclusions

Républicains de toutes nuances, plus de discordes !

L'Union fait la force, soyons unis.

Formons un seul corps d'armée dont les plus impatients seront l'avant-garde.

Evoquons le souvenir de ce ministère d'odieuse mémoire qui se qualifiait, lui-même, ministère d'honnêtes gens et qui avait pour chef ce transfuge AU COEUR LEGER.

Vous savez où il nous a conduits !

*
* *

Nous avons, aujourd'hui, un ministère parfaitement homogène, composé de l'élite de la nation et animé des meilleurs sentiments.

Son patriotisme, sans nul doute, lui inspirera les concessions réclamées par l'opinion publique.

Sachons donc le conserver.

Si parfois il se trompe (nul n'est infaillible sans excepter le pape) montrons-lui son erreur, mais ne cherchons pas, à tout propos, la petite bête, et surtout, ne le dénigrons pas.

Que notre devise soit désormais :

Stabilité Gouvernementale

Soyons fidèles à cette devise et le Gouvernement de la République n'aura plus rien à craindre de ses ennemis car la STABILITE GOUVERNEMENTALE procurera au pays la sécurité que réclament le commerce et l'industrie.

DEDIEU, Jeune.

Maire de Villeurbanne, (Rhône).

www.ingramcontent.com/pod-product-compliance
Lightning Source LLC
Chambersburg PA
CBHW061739180626
46818CB00006B/2682